Los Osos Berenstain
NO SE PERMITEN NIÑAS

Que sea un oso o una osa,
No importa para el juego
Pero lo que siempre importa
Es cómo se juega el juego.

A FIRST TIME BOOK®

Los Osos Berenstain

NO SE PERMITEN

Stan & Jan Berenstain

Traducción de
Rita Guibert

NIÑAS

WITHDRAWN

Random House ⌂ New York

Library of Congress Cataloging-in-Publication Data:
Berenstain, Stan [Berenstain Bears, no girls allowed. Spanish] Los Osos Berenstain, no se permiten niñas / Stan & Jan Berenstain; traducción de Rita Guibert.   p.   cm. — (First time books) SUMMARY: Annoyed that Sister Bear always beats them at baseball and other "boy" type activities, her brother and other male cubs try to exclude her from their new club.
ISBN 0-679-85431-2 (pbk.) [1. Sex role — Fiction.   2. Brothers and sisters — Fiction.   3. Clubs — Fiction.   4. Bears — Fiction.   5. Spanish language materials.]   I. Berenstain, Jan.   II. Title. III. Series: Berenstain, Stan.   First time books.   PZ73.B394   1994   93-29904

Manufactured in the United States of America   10 9 8 7 6 5 4 3 2 1

Desde cachorrilla, a
Hermana Osa le gustaba
seguirle los pasos y jugar
con Hermano Oso y sus
amigos. Molestaba un poco
porque los hacía correr
más despacio…

—¡Espérenme!

estorbaba cuando trepaban...

—¡No tan alto!

y armaba lío con el juego de canicas.

—¡Ay! ¡Esa se escapó!

Pero cuando Hermana Osa
empezó a crecer, las cosas cambiaron.
Ya no era más una *pequeña* molestia:
era una GRAN molestia. Llegó a ser
una corredora veloz, y dejaba atrás a
Hermano Oso y a sus amigos.
—¡Mírala cómo dispara!
—dijo Papá Oso.

Llegó a ser una buena trepadora
y llegaba antes que ellos.

—¡Ay! —dijo Mamá Osa—.
Quisiera que tuviera
más cuidado.

Y les ganó todas
sus canicas.

—¡Díos mío! ¡Espero que
no estén jugando de veras!
—dijo Mamá Osa.

—De verdad, es muy lindo ver
lo bien que juegan juntos Hermana
Osa, Hermano Oso y sus amigos
—dijo el papá.

—Sí —dijo la mamá—. Pero me
preocupa un poco que Hermana
Osa sea la única niña en el grupo.

—¡Vamos! —dijo Papá Oso—.
No importa que sea un niño o una
niña; lo que se debe tener en cuenta
es cómo juega. ¡Mira, acaba de pegar
un jonrón!

—Estoy de acuerdo —dijo
Mamá Osa—. Pero recuerda
cuando tú eras un cachorro. ¿Te
hubiese gustado que una niñita
te dejara atrás cuando corrías,
trepabas y pegabas a la pelota?

Papá pensó por
un momento.

—No me hubiese
gustado —dijo.

A Hermano Oso y a sus amigos tampoco les gustaba perder. Y lo que era peor aún, era cómo Hermana Osa celebraba cada vez que ganaba.

Su danza de la victoria y volteretas eran molestas, pero lo que les irritaba a todos era su grito de guerra.

Un día, cuando Hermana Osa pensaba seguirlos como de costumbre, a sus compañeros de juego no se los veía por ninguna parte.

"No importa", pensó, y se ocupó de sus propios asuntos. Recogió flores para su mamá y saltó la cuerda con algunas mariposas.

Cuando al día siguiente
no había ningún cachorro
alrededor, se extrañó.

Pero había mucho
que hacer. Jugó a tomar
el té con sus muñecas y
leyó algunos libros.

Luego, al *tercer* día, empezó
a preguntarse qué estaba pasando.
—¿Dónde *están* esos cachorros?
—dijo en voz alta.

No estaban en
el viejo árbol trepador.
No estaban jugando
a las canicas.

Y por cierto no estaban
en el campo de béisbol.

Mientras se preguntaba dónde
estaban todos, escuchó voces. Sonaban
como voces de cachorros
y provenían del matorral.

Siguió el sonido hasta adentro
del matorral. ¿*Qué* estaban
tramando esos cachorros? ¡Cuando
llegó a la orilla de la Laguna de las
Ranas lo descubrió!

¡Estaban construyendo un club secreto en la Isla de las Bayas en medio de la Laguna de las Ranas! Tenía mirillas, atalaya y un pequeño puente. ¡Era casi como un castillo! ¡Qué sorpresa agradable!

—¡Hola pandilla! —gritó.

Estaba tan entusiasmada que hizo su danza de celebración, ¡completa con volteretas y grito de guerra! Pero Hermano Oso y sus amigos se escabullieron adentro. Luego le dieron el toque final a su nuevo club colgando un cartel que decía: *Club de Niños del País de los Osos* — NO SE PERMITEN NIÑAS.

Mientras Hermana Osa estaba parada ahí, pensando qué iba hacer, sintió un crujido. ¡El puente era *levadizo* y lo estaban subiendo con la manivela! Estaba desconsolada.

—¡No es justo! —sollozaba mientras iba corriendo del matorral a la casa.

—Tienes toda la razón —rugió Papá
Oso—. ¡No es justo! Ven, vamos a *hacer*
que te acepten en su ridículo club. ¡Y si
no lo hacen, voy a demoler ese club
rama por rama!

Pero Mamá Osa los detuvo.

—No pienso que ésa sea la solución —dijo. Esos chicos *están* siendo muy injustos. Algunas veces los niños actúan de esa manera...y las niñas también. Pero quienquiera que sea, es un error. No es importante que seas un niño o una niña, sino la clase de persona que eres...

—Y sea como fuere, no puedes *hacer* que los cachorros quieran jugar contigo.

—No —dijo Hermana Osa—. ¡Pero puedes demolerlos rama por rama! ¡Vamos, Papá!

—¿No sería una idea mejor —sugirió Mamá Osa— que formes tu propio club y construyas tu club secreto?

—¿Puedo? —preguntó Hermana Osa.

—Este viejo árbol trepador puede ser un lugar adecuado para eso —dijo Papá Oso—. ¡Yo te ayudaré!

—¡Magnífico! —dijo Hermana Osa—. Lo primero que necesitamos es un gran letrero que diga: NO SE PERMITEN NIÑOS.

—No —dijo Mamá Osa—. Lo primero que necesitas para un club son miembros.

Eso resultó ser fácil. La noticia sobre
el club donde NO SE PERMITEN NIÑAS
se difundió muy rápido, y había varias
otras hermanas a las que no les gustaba la
idea de que las dejaran afuera. Tenían un
montón de buenas ideas. Lidia hizo una escala
de cuerdas que podían levantar cuando no
querían visitas. Elena trajo un catalejo
para vigilar. Y María fue la que tuvo la
mejor idea: un sistema telefónico de
envases de lata.

Con la ayuda de Papá Oso,
construyeron un lindo club
en el viejo árbol trepador.

—¡Y ahora el letrero! —dijo Hermana Osa—. ¡Esos chicos se portaron mal, sólo porque pegué más *hits* que ellos y les gané todas las canicas! ¡Son malos perdedores!

—Supongo que eso es verdad —acordó Mamá Osa—. Pero sabes, también hay lo que se llama un mal ganador, alguien que hace una gran demostración de alarde cada vez que gana.

Hermana Osa sabía exactamente a quién se refería la mamá.

—Sí, pero aún así es injusto —dijo Hermana Osa.

—Bueno, pienso que podemos solucionar el problema —dijo Mamá Osa—. Pero primero tenemos que celebrar la inauguración de este club tan especial con una colación especial: ¡un asado a la parrilla de panal y salmón!

Si hay algo que les encanta a los cachorros, ositas *u ositos*, es el asado a la parrilla de panal y salmón. Por lo tanto, Papá Oso puso el asado en la parrilla.

Los aromas deliciosos llegaron al matorral pasando justo por las narices de los miembros del Club de Niños del País de los Osos...

...quienes siguieron a sus narices hasta donde estaban los miembros del Club de Niñas del País de los Osos, justo cuando estaban subiendo su escalera de cuerdas.

—Por cierto hay algo que huele muy bien —dijo Hermano Oso hablando por el teléfono.

Las niñas hicieron una votación y decidieron invitar a los niños para el banquete de panal y salmón.

—Nuestra cosecha de bayas ya está lista para recoger. ¿Les gustaría venir a nuestro lugar para el postre? —dijo Hermano Oso.

—¡Encantadas! —dijo Hermana Osa.

Y mientras toda la pandilla se dirigía a la Laguna de las Ranas, el Hermano Oso se adelantó y rápidamente cambió el cartel del club por otro que decía: *Club de Niños del País de los Osos* —¡LAS NIÑAS SON BIENVENIDAS!

¡Qué deliciosas estaban las bayas!